통곡

장윤식 시집

통곡

장윤식 시집

예술의숲

시집을 내며

하룻날같이 쉰 해를 잘름거리며
여름과 잎사귀 꼬깃꼬깃하니 길을 걸어왔다
바르고 깨끗하니 때때로
어둔 밤에 울리고 꼬잡고
넘어진 몸뚱아리를 땅에 진창길에 뒹구르고
혹은 눈물과 한숨
나의 허름한 누옥 육체를 의지하며 더러
나쁜 마음으로 깨금발이
불안한 한쪽 발로 세우도록
괴로운 삶은 불행은
신간서를 내고 있다

◈ 차 례 ◈

시집을 내며 __ 5

1부. 향기

향기 __ 15
신부 __ 16
사랑일 때 __ 17
잊으라면 __ 18
사랑은 __ 19
도시 __ 20
죽음들 __ 21
생활 __ 22
영혼 __ 23
반항 __ 24
가락이 지나갈 때 __ 25
눈물 __ 26
여인 __ 27
술통 __ 28
버릇 __ 29
삶 __ 30
쉰 해를 __ 31
회오 __ 32
절망 __ 33
어둠 __ 34
벽돌 지겟꾼 __ 35
짭짜름하던 달 __ 36

2부. 가을 아침

쉰 떡땅이 __ 39

닭알 읽기와 쓰기 __ 40

자유 __ 41

본전 돈 __ 42

나라 __ 43

금천동 마을 __ 44

통곡 __ 45

금천동 __ 46

근사한 건달 __ 48

보름달 __ 49

옥화대 __ 50

대전에는 __ 51

낙엽 __ 52

갈대 __ 53

밥 놀이 __ 54

살자 __ 55

가을 아침 __ 56

가을 아침 걸었다 __ 57

가을 저녁 해야 __ 58

가을 여인 __ 59

당아욱 __ 60

3부. 봄이 왔다고

진달이는 __ 63
오월 __ 64
무심한 벚꽃 __ 66
봄이 왔다고 __ 67
목련까지 시작이다 __ 68
한여름 __ 69
하로진일 검불 날씨 __ 70
가배 __ 71
시 __ 72
별 __ 73
시 라고요 __ 74
방울이 맺히는 밤이면 __ 75
이제는 __ 76
들비둘기 앉아서 __ 77
꽃 같은 하로 해야 __ 78
비꽃이 아침부터 __ 79
빛이 온다 __ 80
노래 __ 81
숲에서 __ 82
노래방 나와 __ 83
비가 아린다 __ 84

4부. 겨울이 깊은 것은

손톱 발톱 __ 87

불쌍한 인간이여 __ 88

밥은 먹은 거니 __ 90

의지하고 사는 삶은 __ 91

세상을 보는 것은 __ 92

넋 __ 93

어리석음이여 __ 94

서러운 길 __ 95

허물 __ 96

어리석은 죄 __ 97

한글 __ 98

가난하고 외로운 __ 100

어머니 __ 101

성적표 __ 102

무심천 물억새기 __ 103

초등학교 __ 104

거짓말 법관 __ 105

와우산 __ 106

저녁 겨울 __ 107

겨울이 깊은 것은 __ 108

5부. 우리 밭에서

첫눈 __ 111

늦밤 __ 112

김장철 __ 113

꿈 __ 114

달 __ 115

밤 달 __ 116

저녁때 __ 117

꿈속은 __ 118

저녁 길 __ 119

저녁 __ 120

카페 __ 121

어젯밤 __ 122

카페 의자 __ 123

푸르지오 공원에서 __ 124

가경동 __ 125

청바지 __ 126

튀밥 아저씨 __ 127

늙은이 __ 128

우리 밭에서 __ 129

청춘 __ 130

젊은 아가씨 __ 131

도시 가락 __ 132

6부. 나락 익는 소리

오리야 __ 135

머구리가 좋고 __ 135

오지항아리 __ 136

달이 떠져 __ 136

꽃덩어리 __ 137

가을 떡당이 __ 137

서두른다고 __ 138

가을꽃 잠깐 __ 138

감료로 색실한 __ 139

사람이 살면서 __ 139

밥그릇 __ 140

나락 익는 소리 __ 140

호주머니에 넣는다 __ 141

성공으로 __ 141

기대서 있는지요 __ 142

락단히 기다려진다 __ 142

서광꽃이 __ 143

꽃밭에 __ 143

별이 초롱하늘이다 __ 144

한밤 오는 __ 144

간밤엔 무얼 줄까 __ 145

○ 송재분 시집

한 정거장 __ 149
도심 거리는 그림자가 지나간다 __ 150
팔푼이 __ 151
갈 곳 없는 학교여 __ 152
비 오는 어느 날 오찬 __ 153
비 오는 날 지껄인다 __ 154
절름발이 무릎 __ 155

跋文 / 시인은 다름이 있다면 __ 156

1부. 향기

향기

달콤한 향기
도취되는 사랑
비는 오고 밤은 어두워
무언지 짭짤한 맛

마당에는 비가 내리는 피리 소리가
귓가를 내린 쥐 아련하게 오는
이 감성의 무지야말로
하염없이 하늘 뚫고 오는 비는 겨울의 비는
요정이었던 말인가

끝임없는 삶의 향기
버려진 비탄의 영화 속
삼류 여주인공 같이
발가벗은 이 사랑의 주막은 나의 나태인가
비는 내리고

무대 꺼진 외설 극단
백채일을 걷는 시상의 항해를 부르짖는
작고 평이하고 발뿌리로 전하는
걷어낸 찢기는 포장의 끌리는 향기는
도대체 뭐라는 입맛인가

신부

칠월의 아기 신부야
산은 진녹색 옷을 단기면서
넌 어데 있는 거니
칠우비를 건드리는 산비는
마을을 던지면서 천둥과 뇌전으로 읍소를 한다
지르는 심장이다 사랑이다

깔리는 구름비를 오색 깃발 아래
신부를 부르는 부릅뜬 눈쏘기로 어디에 있소
잎귀 출출히 가는 나의 날개 이상의 아회는
논밭을 빼앗기는 조선의 노리개는 여기 있다

아 감탄할 만큼 마구 던지는 탄성의 울림
메아리를 묶어서 흙우의 사랑 그 신부야
당신의 조각은 찢기고 마르고
가뭄으로 엉성한 몸짓으로도 비가 오는구나

칠월 신부는 산속 오두막에 잠을 잔단다
언제까지 영혼의 사랑에 담장을 쌓을 것이요
담새령의 넷고을에 민중 때깔 나타나서
소리 높이 붙는 팔월의 신사 매미를 부를 것이야

신부야 내 마음
그런 호루기 바다 빛깔에 신부야
말없는 눈물 같은 신부야

사랑일 때

사랑일 때 많이 그리워하고
이별이기를 두드릴 때 당신은 서쪽에 귀를 열어
서광꽃 이슬아래 뜨이는 것을 슬프게 말했지요

여름의 한때 나뷔같이 어울리다가는
눈물 초록의 도시로 어둠에 흔들릴 때
언제까지 당신의 그림자는 울리는지요

어두운 귓가를 매달린 우상의 환영으로 다만
형광등 밝기로 사랑을 가늠하던 젊은 날
사랑하던 이를 눈을 지그시
노인이 되어 감아 보았답니다

그게 사랑일 때
그의 눈은 초록나무처럼 우거지고 있었습니다
비록 밭둑에 멍석딸기 익어가는
저문 열기와 체온이 사라지고 있지만요

잊으라면

잊으라고 한다면
잊어 주렵니다

느릅나무 별빛에서
잊으라고 말한다면

지난 진달래 무덤 아래
떨어지는 그 봄길
새긴 당신의 이름으로
잊으라고 말한다면

내 곁 흰 구름 가는
여름의 속삭임에서
지워져 가렵니다

잊으라고 개울밭 창가에
흐르던 눈물인지요

울지 않아도 외로운 여름날
지금 잊으려고 합니다

사랑은

그 눈매 눈귀 속 말은
삼월 그 피나는 류관순 만세가 아니라
봄방학 끝내는 초하룻날

병아리 수탉 소리를 들었었다
그 땅 기온에 어느날 씨앗 우에

젊은 날의 아침이 찾아오고
죽은 생명들이 꿈틀거리는
이 장엄한 미사를 종소리는 깃들고
사랑은 얼마나 아름다운지를
가르쳐 주었었다

도시

뭐라고 할까
도시 그늘이 싫다
그래서 고깃국에 맑은 하루가 슬프기만 하다
아, 영혼이여
그대의 하루는 뭐라고 할까
까망 내 살 틈에서
빛나는 유희의 도시를
너는 내가 즐기는 것을 모른다

죽음들

초록 나무가 되는
착시속 우리가 목격하던 외곽의 장례 행렬
가을은 겨울이 연민의 의식으로 이룩한다

장례식장의 겨울은 삭막하게 낙엽의 조롱처럼 비
웃을 듯이
모든 건물과 주택들이 무덤이 되고
더는 참지 않는 살인자의 감옥이 된
거대한 무덤의 조각상을 차려 놓는다

어미가 죽은 사람 새색시가 죽었거나
아들이 자살했다든지 손자가 눈물을 흘리며
며느리가 요절을 내고
그 딸년은 무엇이 좋은지 제 세상이듯이 웃음을 흘
리고
손바닥으로 감출것이 많았는데

아이들아
별은 뜨고 도시는 비참하고 달은 오르니
가슴은 미덥지 않아
쇠창살로 아름다운 도시와 도시의 다리에
주름으로 밝은 창문들이 높이
우람하게 있는 장례식의 선물이여

생활

부풀이 오른 낡은 농짝 같고
헤진 손등처럼 나무 말코지에 엮은 가난 벽에
붉은 대문을 제켜서 오던 나의 누이
오는 발길은 온갖 가을 향기 잎새처럼
저주의 도회지에 남피리 불고 자동차 타고
좋은 옷에 시오마니 욕심을 내는
오늘 아츰에도 똑같은 일을 반복과 과오의 뿌리
들을 거닐은
너의 입속과 혀들은 궁상맞게 끼둘고 고아내며
하로 같은 사랑을 이야기 한다
이맘께 쯤이면 공무원 바가지 선생은
곱절은 놀러 다닌다는 관청으로
막일하던 순이네 삼촌은 빈둥이네 찾으러
막걸리 흰통에 짠지를 씻듯이 나발을 불어넣었다
잔인하며 두 팔 없는 나랏일 사회에 어렵게 떠오
르는 옛말속 문득
평등이니 공정이니 흘러가는 금천동 금이 나왔었
다는
이런 짐작으로 왕 노릇 하고
머리통 굴리는 이들의 끔찍한 생각 속에
시방까지 벼슬아치에 뽑은 우두머리 아니든가요

영혼

영혼의 그르침을 달리는 꿈길에
그대 무심코 던진 말마디
죽음이 앞에서 입을 열면 그 대양의 호숫가
날씬한 여인이 허리를 기대며 손짓을 한다
죽은 다음에 그 어떤 것을 차지할 때
숨 넘어가는 그 사랑의 역겨운 탯줄을 자랑하면서
걸어 다니는 매춘부들의 생활이
갉어먹는 영혼에게 말한다
어디 그녀의 뱃속은 신성하고 불가침하며
성곽이 두른 고대의 저택이란 말들을
도박을 일삼았던 씨앗의 미역국 산골은
내가 태어났던 고장이나 나무 풀들은
온갖 죄인의 가옥에서 우리는 밥을 먹고 국을 끓
이며
짐잖은 식탁에서 기도를 하고
그 신사의 시선으로 다정하게 입을 맞추는
나는 매일 그대의 주막을 의하여 걸어 다닌다
아이를 낳으려고 빌딩의 숲을 짓고 사는 비참한
기분으로
그런 당신의 그대를 영혼의 목줄을 쪼이었다

반항

나는 폭발하는 땅에
우글거리는 도시에 있다
이빨이 뿌드득 번쩍하는 뇌송의 합창같이
하늘은 요단강 강물에 암울한 죽음이 덮칠듯이

기운 없는 머리로
가장 나약하고 어려운 걸음으로
열망은 차가운 끈을 엮고
어느 이른 아침
빛으로부터 떠나는 이슬의 나약한 외침이었다고

좋아한다는 감정도
보내는 쓸쓸함도 없이 다만
너의 허우적이는 장난감 감성을

매일 목이 꺾이는
인간의 육체 나는 본다
너의 간교한 설득력 있는 미래에게 박수를 치련다
손바닥으로 아니면 두 팔로 의존하던 지성으로
침을 뱉는 뱀의 혓바닥같이
부서지고 밀리며 뛰는 망아지 한 마리 야성을 느
낄 때
어떤 하늘 어떤 고독
겸손해지는 늙은이로 변하는 내가

가락이 지나갈 때

눈매로 의식하는
저 즐거운 음악이 있는 것은
정돈된 너의 의지를 기억해 줘
돌아온 막연한 상상같이 부르며
입술의 떨림을 기억한다

그대의 음악이 잔잔하게 헛숨같이
떨리는 리듬에 맞는 사랑 애기를 들려주리니

봄이 지나서
바람이 비탈에 울리려고
한없는 시선 속을 달려만 가는 철탑의 봄바람은
언제나 나를 거룩한 경멸 거리로 이해했다

신의 여자여
가벼운 콧노래를 달고
응석을 부리는 엄마네 가슴속 안기여
가락이 베푸는 온정의 향기를 불러주오

눈물

저 눈이 뜨는 새벽
밝은 해를 두드리며 간다
안개의 아침을

언젠가 찾겠지 하던 아쉬운 뒤안길
풀숲에는 개똥지빠귀 한 마리 마음씨를

서름의 말수를 전달하고
소리를 지르던
약속으로 신뢰를 가을처럼 싸놓은

그님만을 애기해 놓고
쉽고 재빨리 가는 새꾼같이
눈을 꺼 보란 듯이

알지 못할껄요 강요와 깊이
작대기 그리여 놓고
대여 가는 그녀와 나의 꿈
댕기고리와 음악의 공난들을
잊지를 못하겠어요

여인

달리 말하면
내가 절망할 때 기쁨을
슬플 때는 가끔 웃음이라는 형용을 달리고

불행을 만드는 사랑 하는 침노를 받을 때
입술을 보드랍게 감싸고
감미로운 혀의 놀림과 춤을 교환하면은

여인과 걸어서
그게 도구와 도취만의 진실이라는
위엄에 보증하는 강한 껴안음 의지가 될 때는

여인아 여인아
나는 네 정다운 말속에
행복도 불행이란 걸 알고
붙들고 있는 내게 몸서리를 쳤다

술통

진정한 고독이라며는
너의 입에 술을 주워 넣는 일
아뿔싸 실수를 해도 넘어가는 이 신선한 사회 뒷
바라지들

손길에 애무하던 젊은 나날의 술집 지집 애보개
에게
삶은 쾌락 이외의 무게만큼 기다려 라고

나무통이든지 어느 보물섬 럼주 술 호감 가는 입술로
치마 뒷켠에 앉은
그녀의 두 다리 지나는 짜릿하며 숨 쉬는 하늘에
땅으로 내리 열고 있는 열망을 보았었지
게슴츠레한 눈알로 숭고한 헌법 법관의 정신으로
굴리면서 말이야

이제 타다 남은 생명의 쓰레기와 일어나는 빛에
대공같이 낡은 가을날 저물던 잎새들을 바라보며
술통에서 무덤을 본다
나의 묘비명에 술통을

버릇

어떤 것은 많고
지집애 살갗은 여리고 달디달은
뭐 이런 경험치는 뭇남자 지집애들은 알 것이다
치마가 짧으네 두 다리는 이렇게 다니고
종아린 굵고 촛대살 같은 열 여나므 살이니
슴 살 갓갓 넘은 계집애는 맛이 쪼아내고
지금 이러는 버릇 놀리면서
음식점 길거리 여느 노래방 후미진 구석 마당에서
젊은것이든 늙수그레한 노망탱이들은
침노를 느껴가매 살고는 있다
어데 많고 적은 것은 작은지를 모르면서
두고 지내는 것들은 하많게 쩗은
우리들 그늘이다

삶

한동안 지난 철철에
꽃이 꽂았다고

꽃 계절은 아니고
벌늪 어디선지 부를 얼마 전 죽은 동생

이름 한번쯤 뇌우 찬다고
버린 목숨 값으로
재로 흙으로 바람으로도

오지는 않는 거라
두고 꺼낸 영혼 이야기이여서

지즌밤 달이 핀 고향 하늘만 바라보고는
두 번 다시 한숨으로도 오지를 않는다면은
내 기억에 아마 바윗자루 던져 놓고
가슴물 피멍덩이 가둬
늦은 때 그 녀석 얼골 한번 심은 기라

쉰 해를

잡풀이 자라난 하늘은
가을이 쉰 해 곱똥이는
누옥에서 세상을 모른다고 울어보는데
한자 되는 분필가루먹이
쉰 해를 지나도록 모를 일을
누구의 교수는 말했다지
두어 냥푼 가지고 세이고 헤이는
잘난 대학교 강단 암캐들이나 가르치라고요
누더기 같은 세월이 깊은 골안을
가을 들판으로 칠판에
먹자먹이나 쓰는 교수는 누구요
당신의 혀는 열정노리개 이든가
가을 높다 높다고 흐느끼는
잠자리 바구지꽃 기쁨을 아는가
들지고방의 순수함 당신들의 의심과 고뇌는
물샘 왕구새 자리에서도 자라지 않으리

회오

뷔운 의자 앉아서 지난 것을 말하니
한숨과 눈물 때가 든 하로 해가 온다
담 길에 지나간 솔밭으로
가만가만 귀를 때린다

저녁이 와 도시는
불빛 정든 과거를 새김질하며
내 얼굴이 부끄럽기는 하다
까므짭잡한 세상 우에 다시 한 번만
꿈속 별 이야기 하자고

드리운 그림자 사이 서너 달음질 옷밤에
별술 따고 든 밤 깊이 초롱 숲이 왔다

절망

기쁨도 잠깐 삶은
어둠에서 빛난다
화려한 사랑도 생활의 빈곤으로
나는 누구를 사랑했다고 말하는가

절망의 별이여
이 세상 소풍에서
나는 돌아가고 싶다

절름대는 여인이여
마지막 남아있는 영혼의
심지 여행을 마치고 돌아왔던
하늘로 가리라

옷을 벗어 세 번 지껄이고
흰 적삼으로 사랑을 잃은 나는
절망도 던지고 싶다
나는 사랑을 아는가
하늘로 떠나고 싶다

어둠

밀리는 종소리
시간마다 오는 색깔의 기품들이
오묘한 정을 두고
떠돌이 소리가 도시마다 외친다

강하고 부드러운 나의 희망은
이 어둠 춤을 흘릴 때마다
아늑하며 사탕벌레의 기괴한
나는 듣는다
오래전 그대가 약하고 힘도 없이
여린 가지로 오는 젊음이라면

보이지 않는 세계의 무명실에 얽키는
가련하며 속좁은 어둠에서 빛난다
장난하는 손의 허공에서
별이 곰 자리를 쏘았다

벽돌 지겟꾼

늙은 나이 파뿌리가 서러운 건
젊은 나를 그동안 못나게 살았든 것이고
하릴없이 시인의 나태는 새벽길
그래도 낯설게나마 별길로
하룻 품팔이꾼 종일내 노가다
입소문으로 지긋이 나를 농하던
짓껄이로 엮어 놓은 것이
십 수 년내 지친 어깻죽지 덕지덕지 꿈꾸는
이상의 손뼉과 복숭아 다리에
단지 노인 팔보게로 앉어 뉘여
그 누더긴가 꿰맨 젊은 핏덩이를 두고
지금껏 나를 찜매고 깁고 노래하고
그게 바른 말씨를 이룬다든지
다짐하던 그 청춘의 늪지 여름은
아픔보다는 눈씨울이 시장 들마루에
뜨수은 국시처럼 늘은 거였찌
정 많은 어매를 두고 아버지 고집살이 그 해년에는
그저 지게 지고 그이 아비를 싫은 내가
시멘트 벽돌 아래 하룻날 곤궁하게 살아왔든
나의 노리개 품살이꾼
벽돌담을 하많이 얹고 부리고 싶고 내는 아픔 뒤에
건물이 오른 벽돌 아래에는
해가 슬픈 도시와 들판이 바라보고 있었다
나의 아버지는 농사 지겟꾼일 뿐이다
나는 벽돌 지겟꾼 이었었다

짭짜름하던 달

짭짜름하던 달은
둥근 흰 가지가지 모냥으로 귀퉁이 모아 넣꼬
간지 얼마나 되는 입맛 나는 몰라

꺽거진 반튼달이 굴통대에
다롱다롱 연닢 구슬로도 미워서
가만 너를 쌔기고 널브러진 기드렁 골갯논에 떨구다

어디 한번 훔처 뵈인 간밤
긴 창공을 수수밭에 고이 사리워
멀은 모랭이에 옹배기 같이
산사자 나무 이팔이는 지여서 그 가을 잊히도록

눈 오는 밤 쑥대밭 한참을 도라서
땅임자가 푸덕이는 소리
너의 눈꼬리엔 벌써 눈이 오는 창대밭밭에
이즈막히 내이는 그 그리움이여

2부. 가을 아침

쉰 떡땅이

안개 너머 살었다고 하는 그녀의 꽃숭이
이맘때 갈대는 우울고
꽃은 지고 새는 떠나간다
한겨울은 이리하여 외로이 쓸쓸하고
어디 꽃숭이 뿐이랴

우울한 도시 외곽 번지는
삭막함 그 냉기를
우리들은 감당하는 쉰 떡땅이였다

닭알 읽기와 쓰기

생명으로 도덕이 있을까
닭알 운반한 그 의상으로 손은 움직였다
자꼬 노동의 그림자와 빛으로
시계 흐린 날은 저녁이다

보릿고개 60년 지난밤에 조상의 몇 십여 년 얼빛이
단조로웁게 울어서 도락구 수레판으로
이맘때면 선장이 지났을 것이다

도의적인 그리고 너그러운 닭알이 어두운 밤 닭
이 울었다
우리는 넉넉하게 쉬운 밤을 헤이어서
조금은 가펴로운 굼불이 자연으로 편평하다

깃깃 쌩뚱쌩뚱 쓰기와 읽기가
지난 수일간엔 잎들이 잘라져서
고리가 흉내를 내인다
아 삶은 기준이 뭐랄까

백채일에 여나므살 몇몇 발들이
닭알 꾸리매에서 기름이 타들어간다
도로의 복판 닭알장수의 사회는 평온이랄까

손은 시까맣게 혼불 같이
가난하고 컵으로 내여진 것들이 어둠을 뚫었다
병아리전 역사가 울린다

자유

너는 들리느냐 내 미운 그를
이제 뜨수은 국물
헤엄하는 가난이라도 쏨어 내야지

하룻밤 겨울 지나기 전에
껌은 수온등 밤에 나귀 타고
노숙자는 떨어 윗가지 울근하다

너는 방주에서 안전한 모기떼
그래 넌 자유지
나의 횃불은 이젠 어둡다 못해 꺼져갑니다

아름답지 못한 내 사랑아
네 오만의 복을 뚫은 머슴의 팔뚝 이노옴을
나는 소박한 바람이다

세상에서 빛나는 약탈자여
넌 굿이 쓰지 않아도 누구나 다 잘 안다

본전 돈

본전 돈을 놓고
세이는 말할 수 없는 슬픔들은
여럿이 많이 있다
셈 하다가 목을 내리뜨리는
가련한 꽃숭이보다는
기찬 마음으로 그를 보면서
허황된 마음을 날어 가는지
비좁은 서푼 닷 냥 엽전에
팔려가던 노예가 멋스러움으로
기대서곤 했다
참 오랫동안을……

나라

삼천리 나라 똥물 나라
무궁화 질퍽하게 똥 싸는 나라
무엇하고 바꿔 넣은
일본 놈 뒷깐통이 좋다고 녀기는 나라
시들어도 밟히고 오그라져도
흔쾌히 왜놈의 풍속이 있는 이런 나라를
이렇게 밖에는 살 수 없는 나를
세종은 조선은 탯줄을 심그어서
우린 왕조시대에 끝이지 않은
일일 드라마를 경청한다

금천동 마을

한 처음 나무의자에 앉는다
내일은 장마가 시작되는 거라고
녀름의 이 저녁에는 탑동 골짜기
금천동 금모래 밭에 광부들이 숭을 지를 것이고
이곳 벚꽃길 하며 공원에
검은 긴치마를 입은 두 여인이 지나갔다
그리고 비가 나리면
그 마음 외로워지길 바라는 사람이 옷을 입고
대멀머리로 산책을 할 것이다
멋있는 옷을 걸치고
주황색 때깔을 도시의 빈곤 앞에서
도시를 걸어 간 남자와 계집아이가
내일 아침 비옷을 거러 몰고
웃으면서 기다릴 것이라고

통곡

울음이야 울면 되지
끝나는 길에 어둠 뚫은
가슴에 버리면 되지

있지 않은 마음 진달이는 피여
산골막 집집 울고
두건은 뒷겹에 보리수 싹이 트는 길우에 어둠 와
울듯 이 삭막하고 나쁜 세상을
처절하게 찢은 이 마음
덜어놓은 밥상은 줏어
버들가지 맘 놓아 울어 뵈야지

분노와 치욕을 사랑한 이 죄를 씻기는
저 턴정을 바라보면서
내 닭은 울부짖던 봄의 밤 내음새
가락도 거문고도 장구도
서럼을 적지 못한 꽃의 통곡을
별이 스러지듯 흐느끼고 있다

금천동

금천동 마을에
도깨비는 낮에도 돌아다니고
용담 광장에 돌들이 쌓이고 금이 나와
꿈에는 시냇가에 다 옻칠한 거의 허영 속에
까마귀가 알았다는 전설은

그 도시의 외곽들
화려한 눈물이 떨어지고
아침에 가겟집 출입문 열고
가로수 불편한 시선들 속에
은행 나뭇잎이 안으로 밀린다

도시 음악에 취해
짧은 치마 종아리 다리
흰 살쩜으로 드러내놓은
금천동 미소년의 현기증 같은
거룩한 허리 아래 밀어내는
솜털투성이의 얼굴과 함께

빨간 입술 칠하고

머리 뽁은 잔디처럼

또한 나의 저물어 가는 기대와 포옹 속에

뒷거리를 살며시 밟고서

은행나무 가로수 거리

모조리 샛노랗게 익어가는 저 도시 숲에서

금천동 까마귀 우름이

쉬는 내울가를 가고 있는지 모를 일이다

근사한 건달

열 시를 알리는 자동차가
괘종시계를 친다
시계의 흐릿한 괴로움 같은
넌 바다 멀리 인도 여행을 한다
과연 예수는 소를 잡은 것인가
성경을 노래한 건달이냐
배부르고 만족한 인도의 귀족은
머리를 짜른다
오리수염을 기른 근사한 그의 아들은
빚은 더도 말고 빚이 아니고
외상쟁이의 유언이겠지

보름달

소근대는 동네에서 물메기 하루해
나의 아낙네는
새벽잠을 곤하도록 베이고 있다
끈끈한 세벌이 오른 하늘의 아침
별이 촘촘 얼리게 대추며 밤까시에
그 조상들 시릿하다

이슬 껌정콩밭에 널리 널리 널어져
내일이 추석인가
댕기머리에 그녀의 첫서리가 묻어
살까시가 달떵이 같다

나의 아버지는
이러한 날에도 밭둑을 걸어 산으로 가셨다
무이국 끓여서
해마다 사랑이 시원시원하시겠다던 추석이면
안에서 밖에서 밤톨처럼 내릴 것인데
색동옷 거얼린 나의 사랑은

옥화대

봄은 물구슬이다
야경 춘비월 산산 지우러 벽벽 바위는
금관숲에 청주는 달반튼이다
촉석루 아니 온데
네경 꽃님 오시는 날은

아희야
때끼는 골이 지여서 옥구슬이 흘러가다간
쓸쓸한 물꽃이 돌아오고
옥좌반 정자나무 물도리 길에
굽이굽이 나린 옥물

한참이나 흙탑새기 간 꽃탕물에
뜬 구름까지 벗꽃이어도 진홍물로 떠어서
선비 골은 물같이 울었다

연산군님 물색은 좋긴 한데
종자기에 어린 뒤주처럼 흘러간
나이금이 빽빽하고 허이얀 달은
산물돌에 비췬 옥물결 슬프기로 하자

대전에는

잘근잘근 썹은 하로비가 내린다
대전에는 여인과 막국수 기찻길이 있다
검은 도로는 문화가 섧고
여운 많은 이별하는 커피가게는
그들만의 노래
그들만의 삶이 별같이 우른다

청치마에 볶은 머리와 그녀의 흰 바지는
5월 산숲 밑께를 지나는데
장미의 들판은 둔벙이다
새로운 탁자 두서넛 잔에 여름이 긴 숨을 이루고

대전에는 아름다운 사람들이 있다
이 저녁 평온한 열정처럼……

낙엽

그대 낙엽은 되고 토라진 미소가
오늘은 발그라니 웃더군요
청단풍놀이를 즐기시는 가을 저녁 갈바람은
스산하게 산울타리 마음같이 쓸쓸하게 오는데
아파트와 주택 사이 붉게 나뒹구는 어늬
너겁의 외로운 여행을 도와준
내 영혼의 자유를 부르짖는다
멀리 들꿩의 외침처럼 고향 냄새는 꺾이고
낯선 회색의 문명을 기대 오는 갈잎사귀
그 너머의 갈등과 침묵을 옹크리는
나를 사랑한 낙엽은 더 지내가며
가부엽게 무거운 헐떡거리는 눈귀를 의심하듯
우른 너의 항변은 무엇이더냐
발굽 아래엔 어둠과 낙엽의 상면은 하고
굳이 떨어지며 슬픈 것이 가을이고
걷어찬 쇠한 생명줄이 눈섭을 부릅뜬다
나는 가을 낙엽이다

갈대

갈대가 꺾어지는 가을 얼마 후
눈이 내리기로 약속을 정하였기 때문이고
낡은 신창에 흔양말 구멍은
가난만한 발바닥이 허락은
해 놀기로 해서 잠잔다

일어나는 쓸쓸한 길을 걷고 싶은
어떤 그릇에는 순수하니
파란게 곁들어져 온다

밥 놀이

우름 운 아이가 가을은
명쾌하게 좋아는 하지
아니 어둠에 빛나는 우름이
무슨 칼춤이라고
작게 뚜욱 작게 마을에는 닭 즛이 우렀다

농부는 어둠이 닭을 잡어 가둔다고
어릴 때 닭서리 기억을 해냈다
더운 날이나 섣달 여우가 예순터에 즛을 때
어설프니 솥뚜껑놀이를
달아이들부터 술래를 저질러었다

살자

태양이 빛나는 아침은
아이의 소근대는 눈송이 만나고 싶어서
즈믄 밤을 보내 넣고
삶이 삐뚜름한 그림자 우를 바라보는
허름한 세상을 바라보는 그 절망을
한깜짝임 넣고 웃고 지새는
우리가 되기로 하자

세 내놓고 밥통 같은
가여운 이웃집 암소에게나 줘 버리고
여물통 비우는 밤에 아니면
아침 이슬 아래 녹이는 그대의 마음이라고

가을 앞에서나 세상 앞에서나
그렇게 살기로 숨을 내쉬자

가을 아침

가을 아침 일어나 눈깜짝임 속
얼굴 비췬 시굴집 밤밤 뜀뛰기를 한다
건강이란 것은 새이 흔쾌히 가을 앞에서
나의 영혼을 본다 느낀다
이러한 생활은 기쁨에 또
잔나비 같은 즐거움들은 일회적으로 가을 가도는
닢새가 뒹구는 포도밭 넉은 길에도 땀이 나온다

가까운 집오래 한두 시간 반튼 경
벼이삭 누른 것을 달맞이 꽃덩이
내가 보았든 당신이 눈새기풀 엮든지
여덟 시를 넘어 너머는
깜짝으로 밝은 옷 엉겅퀴 같은 쑤세미 같은 손으로
빨래를 하다 헤엄을 할 것이다
그은 대로 가도가도 가을 풀섶 집으로
아침내 이런 조고마한 햇길은 온다

가을 아침 걸었다

가을 아침 걸었다
끊이지 않은 수화물이 널었다
삼성초등학교 밝어 새벽달
집집 외롭고 홀로 걸어가는 길
어젠가 오늘이 깜깜하다
누구로부터 지내왔는가
눈을 부릅뜨고 술사발에 을마 동안을
목을 쉰 그를 발견해냈다
지금도 바이런 창가의 여행객을 기다리며
이슬섶을 거닐 때 봄김의 농부가 되여
아무도 늘지 못할 죽으러 가던
천상병의 어리석은 것들이기를
가을 맞을 일을 해야 한다
그들로부터 떠난 가을 문주에서
외로워 할 일은 없다

가을 저녁 해야

가을 저녁 해야
끝끝내 가려거든
낯새를 묻지 말고 가기를

오늘 아츰 버스는 울었다
쏘내기와 뇌전 그리고
발 벗은 너의 슬픈 모습

가을 와 이젠 초력제비는
어늬 길가에 이사를 몰고 갔다지

아기야 나의 아기야
넌 우는 거니
안손까락을 보고 가을 꽃밭에 선
나의 가난함이 있다

가을 여인

가을 여인으로 다가드는
흐린 달이 문창에 씨리는 시방
나는 터앝밭 열무이며
다듬어 씻기서 오는 야경을
사는 것은 이러하고

귀뚤래미 처우는 밤야
즐거운 경을 읽으매 오는 책소절이
지붕 가을 오는 것은

사랑 오는 것은 어둠 오는 것은
이런 소요들이 사뭇 연잎 같은 이러한 때
가을 여인으로 다가드는 것이다

당아욱

당아욱이 쌔들한 한낮
더워지는 닙버러지의 예우가 드높아
시골성은 씨굴하다
널어놓은 저녁 한밤 들어서
논임자 개고리 우름이며
장마쟁이 벌레와 뽕쟁이
하늘소 갉는 저녁의 종소리가
장마철 터 잡는 쏘내기 같다
한차례 지나가든가 그리고
여치의 날개 치는 새그락 리듬이 주는
묘한 서늘함 같은 아늑함
이와 같이 웃고 있었다

3부. 봄이 왔다고

진달이는

3월의 기쁨 진달이는
분홍신 산지기 같던데
도를 아러서
길이 늘리어 가지

닢싸귀 굴형에
햇귀는 찾어 들지
그런데 그런데 나는
그가 그들이 슬퍼서

한밤에는
눈슬이 나어서
슬픔이 그득하게
초롱병 진분홍불

새벽아 새벽아
꽃마름 생강나무야
너희가 우름한 것이더냐
봄바람이 쎈
너와 내가 쓸쓸한 것이냐

오월

푸르다는 말도 없이 지나가는
흰구름 둥둥 북소리 맞춰
장미 풀길 열리는 사람들 어지롭고
밝은 그 저녁 어제 왔던 그 사람 누이는
발그레한 등불에 장미의 봄은
설움 한말 논뚜렁 물닭 오겠지
트려진 원피스에 까망 스웨터 훌키는
막사로 움직이던 저 조선의 그늘

무섭게 노려보는 뒤안길 너메
버스도 울고 나도 서러웁고
써레질 논꽝들은 목이 마르며 지쳐가는
오월의 수줍던 아가씨여
모내기 빛내는 소롯길 장터에
장몽이하는 고향 울따릴 모셔놓고
한 사발 쉬논빼미 막걸리 오페라
그 여느 바리톤 남정네보다
지내간 깐 참새터럭이 잔정으로 이끌린다

그저 오월의 오력 앞에서
바람은 심하게 나뭇북을 울릴 뿐이고
왼종일 콧바람 숭 보는 발산공원
충주가 가시처럼만 넘기지 못하고
띵띵허게 밀리는 가경동 그대로 앞잡이 노릇하고
지명을 쓰는 공무원이 편해지는 나라에서 살고
이렇게 이름을 마련하고 싫다고 말은 하지 않는
나라
땅에 그 나랏사람들에게
왜가리 법률왕이 지배하는 이 나라에
푸르다 한마디 욕질을 썼을 뿐이다

무심한 벚꽃

달반을 던져노꼬 꼬부라진 눈망울
애잔한 무심변 벚꽃은
섬나라 사람들만의 끈기와 미지근한 물결로 와서
그것이 자꾸 밀리고 춥고
저녁이면 11월 슬픈 청주는 밤종이 울릴 듯
계셔요 영원히 상투 꼬랑지 잘라먹은
늙은 수부의 노래가 감미롭다

어때서 그게 부끄러운 나의 생활인 것을
말하지 않는 것이 아니라
그 손에 묻은 피를 인정은 하는 거였느냐고
달반에 피리가 안다
별이 논다
고기가 어둠에 숨어 헐떡거린다
오늘 밤 다시 시렁간에 한 여인의 세상을 보았다
창공의 달은 착잡하고
얼굴까지 검은 시간이다

봄이 왔다고

봄이 왔다고 삶이 오는 것은 아니니
자랑하거나 비웃기 않기를 바랄 뿐
버들잎 잎트는 개울가에 숭을 내이던
맑고 청능한 그 소리로 네게 따뜻하야니
물은 흐를 것이다

언젠가 그대의 고운 소리로
다정하고 다감하게만이 봄이 온다면
어예쁘니 물가를 응시하라

사랑하고 사랑하는 이여
봄에 봄의 사랑을 이룰 수 있고
널 사랑할 보금자리에 기댈 수 있도록 말할 수
있다면
허리도리 아래 도는 나의 쌔끈한 사랑아
돌틈에 울든 도요새의 날개를
봄의 빛깔이여

누구의 탓탓은 아니요
물새는 물새라서 울든지요
닭 치는 어미는 새벽을 깨우리니
내가 사랑만 하였던 그 봄은 그 사랑은 말이요
물이 오른 땅버들은
그 생명이 아니란 말이요

목련까지 시작이다

목련까지 시작이다
낲싸귀가 드러워
몽울게 창창 빛나는 음
시골 집집이네

멀은 걸음에 매홧집이 이웃을 한다
칼날 같은 쟁기야
밭뚝을 넘어트리는
들땅 산땅 치매땅 들었다

고슴도치 밤각시
때때 낭구개닢 튼 버들각시
늘은 가마구 그늘 작작이 오는

버선발 아침 산개울에
솔단지 명주고름 한필 감을 헤여서
거얼리게 색동치마를 널은 산마을이
곱게 곱게 나려 온다

한여름

한여름 오는 날은 가끔 바라기 하고
조금씩 퍼뷔어서
오늘밤 뜬 눈 나리는 길에
눈감고 뜨고 지고 태양이 된 나
지금은 장미꽃다운 구신이 댕순치던
나의 어매 시골 골갯논 골짜기 바람은 상쾌해

지난밤 사람을 만나 그리운 얘기도
쏟은 비가 왼 게야
비가 넌 슬프지 않었어
쓸린 눈으로 유월의 끝은 끓어 구름을 따는
나의 비롯한 마음들과 사랑
온 시내가 시골에서 오고
시냇가 비줄금을 이룩하고
밤에 이 고즈넉한 밤에 노발리스를 부르어
뭘 하자든지
나는 어둠만으로 밝어댄 세계를 보고 있다

사물의 존귀에 불어오는 뜨거운 어리석음을
여지는 가을 하늘이 싫어서 울었을 거야
여름 언덕으로 밀리는 진진구름으로

하로진일 검불 날씨

하로진일 검불 날씨에 기다리거나
눈이 온다거나 꽤나 바쁜 시간을 보내는
척척을 한다는 위안거리는 혹은 받고 싶다는

그렇고 그런 나날은
달이 오지는 않고 노랫소리도 묶어서
공터의 터얄밭에 읍쪼리는 푸넘 하나를 심그고
묘안을 따내고 가둬놓고

감옥을 일구고 쌀을 퍼 나르는
문화라는 노략질까지는 아니고 네 소원의 성취
아모것 하지도 않고 시의 은금을 도굴하는 여인은
매력도 있지만 그것도 아니고

오직 고집스러웁게 얼굴 번번한 탱을 걸어놓고
한다는 소리가
귀를 열어놓고 싸움하는
연약한 눈을 기대서고 있다

가배

가붓 가배가 오는 날은
편에 달밤이 무르고
일손이 뜸뜨는 베틀은 씨굴하니
밤쏭이 여무는데 아니나 다를까
넷 사당엔 풀과 벌컷소리
풍향기는 옛적을 버리고
남은 버러지 음조는 외로움만 못하단다
거문고도 가야금도 한 백성이라
엊그저께 길쌈 일이 내일이구나 하는
오만가지 생각 야긋거리를
소슬바람이 전하는 말귀까지 저버렸다
강강수월래 베 짜는 벳쨍이 가운데로
저리 추는 음색까지나
만월송편 어깨춤 사품 읊은 대로 뒤고
지나가는 낙세월 거북구 힘차게 그어대는
지난밤 음술이 한잔에
혼자 이럴 거면 중간산 남루한 주루에
바람이나 얼쑤 튀기는
조상님네 토방신 옷으로 나들이 가자

시

그대들은 왜 이유로
우렁차게 시를 그대로 못 쓰게 하는가
이유 없는 단지 살음도 아니게
그 무엇 때문에 비밀 한 꽉에 담어
알어 듣지 못하는 구절에 가락까지 묻히는
그대만의 은밀함을 말하는가
그러하지 마라
길을 걸었고 생각하고 의지 있는
자신 있게 글을 종이에 써라
무엇에 어떻게 쓰는지
감추거나 두려운 귀절은 시가 아니고
모욕이다
당신을 찾고 당신의 생활을 써라
왜 강신은 주저하고
머뭇거릴 이유 이고나 까닭은 없다
너다운 시를 써라
용기 있게 써라

별

시인의 달에 삐지는 내 얼굴 민낯으로
이름이야 흔한 설움 닮어
종이 사절지로 써 내려가는 거였지요
이쁘게 검정치마 무릎팩 야들하고
종아리 돋보이는 달근한 시굴의
굴형 같은 허리춤은 한눌만큼 별은 있어
다 영혼을 내여 이리 밤중에 비치는 기라
숲에 떠드는 개똥지빠귀 안물에 지는 곤줄박이
모다가 땅집에 집을 마련하는 거라
샛대 지붕 밤새우는 박우물도
네가 좋아 웃는 거라
딱히 별빛인 것은
네 좋아하게 만든 거라

시 라고요

지나려 하다가 이게 시 라고요
망측한 잔상 밤이야 지나면
지즌고개 개라도 우름 울어
물국이도 산국이도 즈믄 이 밤

이렇게 시가 되고 바끔이 일고
대처에 이게 잎새귀요
그림이요 먹는 것이요

잘난 옷에 깨끗한 언어에 색감을 덧대면
당신들에겐 아름다운 여자요 남자라니요

지나가는 길손은
별 지고 해는 치워 놓고 가느니

방울이 맺히는 밤이면

방울이 맺히는 밤이면
쉬이 갔던 하로 해는 아니였지
여느 날 마뭇덩이 비닐칭을 껴안은 봄날
양지귀 하얗던 도롯가

턱턱 숨이 막은 구름 안간 마구간에서
불이 켜진 문명의 앞섶을 췬 무슨 무엇에 대하며
어떤 벗어난 통가진 불운이든
불안을 주발 돌리기 한다는 넷 미린내 이야기며

소풍 다리 교꽈 멀른 붐뚝엔가
아지 길이 여리고 췬 고장에 자갯돌 무리하고
당집 앞으로 옛적 어매 새끼타래를
좌구산 구름다리가 널어졌다는 골갯논 우에

양떼가 어데요
하로진일 널른 벌이 있고
넷바퀴 화통선 머얼어 좋고
한가치가 나로 오르던 지난 가을 벽별이면
호호이라도 뜨거운 심정이다

이제는

이제는 그리움 스러웁다거나 심심하믄서
한대 꼬운 가을 새끼 따래 질에
나의 몸을 볼 것이요

세상이나 그 밖의 것들은 꽃차를 풍속으로
여름 음식이라는 상표를 매어둔
이제는 연기를 짙게 내깔은
노인의 말을 들 때요

어떤 이가 건방지게 반갑다는 그래서
글짜도 못쓴다던 담배 재떨이게가 아류요
그 이상이란 놈은
창부의 바짓가랭이 사이엔가
기어는 다닌다고 하지만 아침의 법이 당신이요
담배 연기가 빨릴 때
가을 한눌은 딩딩하게 높다지

그들은 시굴집 장작을 메고
어느 적엔가 통통 걸어 다녔지
가을이 밉다
담뱃재가 땅을 두둔하다

들비둘기 앉아서

들비둘기 앉아서 겨울에도 빛은 있다
얼었던 땅이 풀리는 잠깐만
우리들의 기적은 현실적이다

눈이 온 산숲에 한가로운 꿩 얘기
들판에는 들비둘기 앉아서 얘기를 한다

정답인 것만 같고 부리를 긁히고 열고
쨍쨍 태양은 오늘처럼 아끼지 않는다

툭툭 불거진 땅덤불 눈밭으로
겨울이 바쁘다

꽃 같은 하로 해야

차들이 웅웅 나귀 소리를 내이고
물처럼 흘러간다
꽃 같은 하로 해야

꽃 같은 하로 해야
넌 알고 있는 거니

나는 돌각당 도라지꽃에 묻어 놓은
어예쁘디 어여쁜 그 여인만을 모른다고
바람까지 쏙이였다

지난날 아픈 것들을 위하여
다음의 그 생애에 대한 물음이나 부탁은
다음으로 미루기로 하자

슬픈 것은 잠깐 묘지에서
가을꽃은 술은 익어야 하니까

비꽃이 아침부터

비꽃이 아침부터 구름을 따고 흐른다
소매를 저어 한눌에 뿌리는
엄습한 습기의 과밀한 여름
이상이든 현실이든 나리고 떨어지고
퍼붓는다고 하면 아니 과장일까
넘치는 마을에 도시 그늘로 오르는 막막하니
기쁨은 저기 앉어 빗방울 기타줄 튕기듯
땅뎅이 내밀한 방울 만들어 낸다
슬픈 귀절도 없는 것이
어느 선술집 아니면 비 오는 낡은 돌기왓집
낙숫물 처녀의 울음으로 나리는 것이다

빛이 온다

빛이 왔다
걷히는 까만 그 어둠을
버스는 내서 달린다
웃자리를 앉은 그녀의 사랑은
버얼써 이른 겨울에 감낭구 가지에 앉아서
주먹감을 따리고
해은 무엇이든 빛이 온다
그 상징적인 자연에게
노리개를 부르는 싸늘해지는 바구니에
곁에서 불 쪼이는 늙은 사람이 앉는다

노래

살어서 즈이 라드니
아, 아침 이슬방울에도
그이 눈망울 꽃빛 아침으로 노래 불러 놓고는
가을 참밭에 산수유를 따고
봄맞이 그늘 눈을 씰은 마당에 노래로 쓸자
우리 어린 시절 돌아온
붉게붉게 움켜쥔 마음씨로 울자
그래 머시기 그래서 형님도 동생님도
소식 없는 허리도리가 한옴큼만 못한
그래서 도회지 여느 재벌 주목집 부자만 있는
그런그런 높은 사람의 사모님 되었다느니
서울 장관 자릴 헤쳐 먹고
제 구실도 못한다는 령감땡이 손자의 아베는
청와대 높은 나랏님
서방질로 바쁜 공무원 도적눔덜 꼬라지
방앗간이 싫어 혀를 챴다는 풀숲에 들리는 당나귀 떼
나의 어린 시절로 만나자
녀름날 신선한 핏빛 능달로
지지배의 다듬어지지 않는 혈통과 혈맥들이
우렁차게 다니였던 우윳빛 두 몽우리
꽃차를 타고 노래를 하자
천년만년 해쳐 묵지를 말고
미호천 바닷가에 와 가무라기 가무래기
인사라도 꾸벅 절을 하자
어린 마을로 와 꽃띠 노래하자

숲에서

숲에서 그대의 시간은
기도로 죽은 말들은 하지만
신앙이란 종교는
그렇따고 벼슬하는 우둔함을

벼가 익을 때 가을은 기다려진다
어둠 와서 밀짚모자를 벗고
인사하는 늙은 시대에서
기쁜 것이며 슬픈 것이든지

아름다운 여름은 죽었다
저 어리석은 나뭇잎을 보시요

노래방 나와

노래방 나와 꽁초가 연기를 뿜고
곧이 내일은 비가 온다는
청개구리가 울린다
고향 골에 숲으로 들판 지나 흰 벌은
느티나무 아래 논개구리 또한
찾아서 물논으로 나귀를 쓰는 쟁기는
보습의 밭밭으로 여름은
더웁게 뜸베질을 한다
우리의 음악 슬프게 어디 울릴지는
개구리 수염 지나는 쪽에
노래방 새구리 여름이
혀를 길게 낼름거린다

비가 아린다

비가 아린다
도시로 떨린 가리개비들
심장으로 똥구녕으로 화살 넣고
너의 잉꼬리 감각으로 온다

가경동 산꼴짜기
금왕 사는 일제시대 누런 금떵이 고당
막막한 산꼬라지 질러
비가 마음속 한 맺어 온다

너의 턴정은 어기냐고
너의 지나친 망발은 뭐냐
핏대를 세우는 너의 하래비 설움은 뭐였느냐고
나라 의한 거니
나랏 사람 농울 친 거니
청와대 골짜구니는 무썩무썩하니
여의도 개사원 국회 똥간은 한강 더 흘러
비가 아린다

4부. 겨울이 깊은 것은

손톱 발톱

손톱 발톱을 꺼끄롬히 다듬어
매발톱 날카로웁게 그러해서 사람이다

풀숲에 엎데은 풀가지
높은 나무는 아니어
향그라니 여인의 발엄지
가을 찾어 와

대문 밖 우리들은 슬프지만
엉글어지게 산지가 된다

불쌍한 인간이여

한들대다 쓰러지며 엎어진 지난 뒤안길은
부끄러워 말은 못하고 가만히 눈짓으로 감은
여러 십여 년 헤아릴 수 없는 경련 몸짓
그리고 희오의 상념들은
어쩐다 늙어가는 나의 몸뚱이 우에
하릴 것도 없이 우스웁고 지쳐가는 별을 보나
어쩌다 이러한 삶이 나를 가두고 있는지
나는 나를 싫어하는 생각이 든다

바람이나 쉬이 가렴
꼭 그의 말은 변질되고 변화는 없을
이 괴팍한 기온의 격변을 나는 그들의 말을
또는 그들의 사랑을 이해하는 동조하고
마련하며 따러 사는 못난 의미의 감정 흔들린다
바람에 정작 흔들리고 피는 꽃은
살구나 앵두꽃 아닌 나의 괴기스런 행동이었다오

한 포기 꿈은
수개의 발축 아래 사랑으로 영글은
오월의 영혼처럼만

넌 어디에 꿈틀거리든지
내 원천의 의지 벼락을 때리는

마치 태양 아래 떨어지는 변심한 여우비 같은
한발 전진하면 다음은 가만 있는 새벽달

가만있어 줘 칼무사는 보드랍게 말한다
살면서 한두 번 그 말은 믿음 아래 빛났지
아즈꽈리가 봄에 달콤하고 아른 하니 그렇지만
넌 나를 이해할 수는 없었지
돌어 와 수십 년 지나 그 땅 그 장소에 속삭이고
다시 거울에 나를 주었지만
늙은 수형 이육사 같은 숫자였지
또 나를 쏙이는 것은 나를 내가 쏙이는 재미였
다는 걸
지금 깨닫는 이유일까
이 눈물이 바다로 사라지려면 궤변일까
얼치기 학자라고 누가 말하든지
우주는 꾸미는 극작품 같은 신이 있다면
그게 그 눈깔의 영일까

순풍이 인도하는 이 거대한 담론으로도 꺼지는 불빛
작은 씨앗 하나 심그지 못하는 바다를
나는 그리워하며
날마다 해풍의 싱큼한 여인의 허리를 껴안듯 하다니
불쌍한 인간이여

밥은 먹은 거니

어둑한 마을은 한 울타리로 오는 저녁
가을 넋새가 떨리는 손에 시대가 간다
구름이 지나간다

밥은 먹은 거니
아랫마을 바둑이개는
컹컹 울면서 꼬리를 흔든다
찬미의 유혹
어둠을 뚫은 깃발이 들판에 나부끼는

그래서 밥은 먹은 거야
이따금 전하는 손풍금댕이 청단풍 손귀가
이내 나무에서 산뚝에서 울린다
저녁이 오는 소리가 새까마니 까른다

의지하고 사는 삶은

어둠같이 밝어대는
이래라 저런 흥겨운 것들을

눈꼴이 시려워 웃물이 흐르면
아랫물도 무심천 모래사장을 지나간다

그릇장수 희고
흰 두루미로만이 물 없는 강가에
여우 주둥이로 깔리지는 않을 것이고

임자 없는 언덕으로 거룻배 한켠에
고적한 어둠이 깃들인다

세상을 보는 것은

이미 시작한 일이고
세상을 보는 것은
나의 더러움을 알어가는 여행이고
더없는 쓸쓸한 길을 헤엄 차는 것이고
여름날 그 무더운 액체를 쏟은
주정뱅이의 민낯으로 걸어가는 그 한때
고운 이웃이 있다고

참다운 서정시는
때가 되살아나는 일은 없었었다

넋

나를 시험하려 하는 부드러운 이여
눈도 감고 코내음새로
입으로 단풍구경 가자는 간드러진 소리 속에
가을의 영혼 당신에겐 말도 없고
공감도 물 따러 사라지며
하로진일 벌배추에 팔었답니다

진펄의 너름 넜은 날은
꼬름 우에 구름으로 변하고

시몬아
네 귓속머리에 나의 발걸음 차갑다면
진리는 비끼고 거즛에게 고백합니다
낙엽 골짝안 바시락 거닌 불빛은
달이 밝었다는 가을에게요

어리석음이여

우리들의 기쁨도
움직이다가 사라진다
어둠 속에 빛나는 꿈

잘 자라 이성이여
우리는 젊음을 잃었다

슬퍼하지 말게
지나친 만용이여

잘 가라 마음속에 자리잡았던
남은 어리석음이여

서러운 길

꽃밤이 오는 세계에
아이 업은 등꼴 시리운
모르는 여인이 길을 온다
꼭 지그시 눈을 뜨고 가슴에 엎데이면서
저녁이 그물로 온 이때
뒷담이 허물어질 저녁 아이를 안고
과자를 들고 가는 세계의 풍습은
누가 나를 알어 보고
구름이 밀리게 띄워놓고
아득하니 등불이 이른 또 다른 아이가
따른 카페 가게를 뉘엿이
해와 꿈꾸던 어둠은 앉는다

허물

어설픈 의식 긴 의도 허물을 말하면
슬픈 갓이 사랑을 말하면 기쁜 것이 오지요

그리하여 삶은 빛나기도 아니면
비가 내여서 잔주름 고이 미투리를 삼은
버려도 되는 것을 깨닫지 못하고
나는 다듬잇돌에 애꿎은
나의 사랑만을 찧어 놓았다
아, 나의 착각과 경멸이다

어리석은 죄

오늘 태양 아래 부끄러운 얼굴은 아니었는지
지금은 등불 아래 태양으로 다름질하고
그대의 가슴에 풀잎이나 자라게나

사순절 의미의 의미를
나는 널 배척하기로 하고 땅에서 창공까지
하루 무엇을 위해 살았는지

달이 바다를 밀었을 동안에
나는 어리석은 죄를 가지며 살고 있다
어둔 밤 스스로를 배반하면서

한글

죽은 왕이 물었다
백성이 물색으로 글이 좋아 집괭이를 갈어서
길으고 없은 곤충까지 벌레를 일어서
밭을 뵈이여 말을 이롭게 여기었고
단소리 믿음을 얻어 기쁘다고 살었였다

카페에선 돌이 쉰 어드근히
탁자를 끈으로 봄이 말리는 시냇가를
잔물이 달곰해 머리 나랏말이 고이었다

지폐의자 대소 가도에 섶구슬이 요란하여
군주국 산멍에 끼어서 배앙이 곡천리를 따르었는데
세기말 반도조선이 해동왕자를 조선이라고 붙이었다

빵넢새 커피집이 잔치로 즐거워 인두머리 두 잔
묻어
그녀 꼬드런 머리가 히게 잡었다
나의 눈매에 짧아진 치마가
돌채 돋보기로도 두 다리가 예쁘게 닐었다

삼성 가는 길에 논물이 우릉우릉 하니
대소집 암자에는 저녁이 들었다
속눈썹이 나린 그녀 가슴은
여름이 와서 아침 생기가 놀라고
딸기 맛 녹차가 한결 부드러워 하늘 거리엔
수다스런 여자들이 많았다

나를 바라본 종자기 그녀 이름은 사랑이었는데
먼 조상이 글을 지어 빗은
만 원짜리 가슴은 실했다

가난하고 외로운

기쁜 것이 있었던 나뭇가지 얼음이 얼어
가난하고 외로운 모두 쓸쓸해
넌 부자라고
농을 다러 온종일 씨를 뿌리는 삶은
어디에나 부조화의 매료 속을 걷는다

때로 미친 것을 찾고
가끔 안 되는 이야기로 홀리는 감성쯤은
떨어진 쇠잔의 가을날
아즘 얼흔으로 봐 두기는
백 원짜리 몇몇이서 노는
내 안 사정하고 호감은 갔었을 테지

어머니

근근이 애쓰시던 넷날이 된 내 어머니
팔을 굽히고 허릿도리 구부리며
부지땡이로만 고쿠락에 낭구를
보릿쌀 깜장 솥에 세이던 원종일내
못 이룬 꿈 한 바가지 물을 길으며
자식 못난 것을 자랑으로 녀기던
그녀의 발그레하고 머릿내
비녀가 어울리는 사소한 감흥이지만
끝까지 우시다 바랑 꽃으로 진 시인의 나태
어머니가 볕살 아래 잠잔다는
색동저고리 고웁게 온다

성적표

내 밥 먹고 살았는
초등교 다닐 적엔
그 말은 의미는 막연하다고
그렇지만 살어 보기로는 어렵고 힘이 들어가
통신표에 가가가 만을 받은 준 담임선생님
어능 수 는 없지마는
열등생 수식어에 밥 많이 먹는
미련한 똥은 잘 싼다는 별명을 가지며
두렵고 매서운 떡뫼를 맞은 등굣길
똥싸개 노릇한지 여섯 해 였었지
가끔씩 어스럼 아침 학교를 거닐다가
가가가 성적표를 눈 얼굴에 외우며
시방에도 꼴등 가는
맨얼굴에 우스워 졌었다

무심천 물억새기

그어대는 푸른 산산이 녹색이라고
까치 날은 어제만 하여 낮잠은
설익은 밤눈깨비가 겨울이요
그대는 춥소
어늬 넋두리에 풀죽을 만들었소
짧고 기드랗고 갤쭉한 하얀 겨울 밤나무에
눈이 오고 있고
지붕에 들빛에 밭고랑에 고향 하늘은
눈이 오오

장가지 그늘 저녁 헝겊을 말은 실밥
그대의 삶이요
약밥 약안에 진달래 볕볕 성모병원
그 언덕에선가 무심천 봄이었구려
물억새는 울었소

물은 흘러가리니 12월
눈 내리는 슬픈 마을의 갈대
내리오 내리오
점령한 뒷울안 육체와도 놀아라
모래내엔 아직 겨울 오고
눈이 허리도리가 흰 노인이 내린다

약밥을 들고 가는 성경의 노리개가
오르기도 하며
산물새가 지껄었다

초등학교

손짓을 하면 멀리 눈물이 난다
그 고향 앞으로 배편 조각 뚫은
배골픈 소리 애기하던 그 넘이 뒷땀 시절은
아프고 밉고 상처 내는
찢어진 끄을기만한 그를 동경하든

학교 길에는 늘늘 어두워 오는 아침이었다
흙볼에 오는 귀염둥이 낙우름 서러운 이슬 길은
빛나고 꿩내 우는 야트막한 산산 참나무 색깔은
아찔하게 흥분은 하고
귀 닫는 산대머리에 푸른 등롯길
오붓이하게 잇는 내 서름 한번 불어 낸
이런 초등학교 가르친 교사였다고 하는 스승님
우리라고 붙이는 향수쟁이
목욕에서 땜질만 해도 된다는 스런 그러한 추억은
한숨만 징소리 울린다

거짓말 법관

장난이라고 법 공부해서
밥큰술 떠 놓은 벼슬 장사
돈냥이나 다물은 잉꼬리로 그래 그래서
당신 옆에 맑은 시냇가 척척이 흐른다면야
아츰 찬바람에 그다지 입맛 떨어진
오력 흐물거리는 나에게
흐르는 물대로 거짓말 농을 말어서
이렇게 간단하게 눈꼽에 침도 마르지 않고도
여러번씩 아홉이랑 몇 곱절 속삭여주고는
저녁때 되면 당신 집으로 와 앉어
진물 대궐에 이쁜 가족 열내를 모시고는
그 한다는 달콤한 말씨들은 끓이면서도
까망나니 법옷은 여기서도
점잖혀게 거짓말 웃음을 지으는군요

와우산

번번듯이 뻔뻔한 그의 얼굴에
기름을 붓고 장지문 청주의 아침을 열고
사람 있어 줘

외홀로 무심천 벽 헐리는
그 일은 누군가 하는 말은
내 곁에 있는 것은
욕심뿐 이였지

와우산의 슬픈 일
접시꽃도 먼데
미선이꽃은 아니었지

저녁 겨울

해가 지나서 구름이 몰리는 이 저녁
겨울이 온단다 내 곁에 눈이 온단다
털능귀는 뵈이야지
짚새기에 모셔놓은 어린애 마음 경건히
내가 정한수 뜨고 울면서 부르고
새이는 밤날 어미를 지금껏 부르지 않았다

모든 것은 잠깐에 그러한들 뿌연만해도
어찌 그녀 마을의 사랑은 가지진 못한 것이었다

겨울이 깊은 것은

겨울이 깊은 것은
하눌 아래 초생달이 있기 때문이고

안마당 개가 즛는 것은
세월이 우습고
사람이 어질지 않어 그렇고

사람도 즘생도
주름살이 늘은 강가에
서서 바라보면

찬바람 아츰 개벽에
슬픈 사물이 어데 있으리

5부. 우리 밭에서

첫눈

꽃화에 뽁근 입술이 보드라운 설움에
섣달은 힘들고 연탄장수는 흐린 세간살이를 쓸었다
밤 아래 희끗한 난자의 설움을

도덕이 버린 아이들은 흙탕물 버려두고
그 많던 사랑은 지저귀는
밤벌레 먹잇감으로 쪼이는 니빨로
너의 열정은 죽었구나 식었구나
영광은 죽은 시체를 더듬고 뼈는 화석이 괸
오널밤 안으로 공동묘지에

이슬로 떨어진 자리들을 아침에
다시 꿈을 깨우고
단지 맺자나 되는 너의 널빤지 관짝은
죽은 혼령으로 달빛마저 새 인물들이 볼 것이고
단말마 넘어가는 시냇물 아래 나의 떡숨 끊은 곳
빠알갛게 느러지는 헤지은 무덤은
인정 많은 사람이 장미를 들고 찾어 오는

첫눈이 찔리게 나리면
가시 고름 댕기 낭기 올 때
흰 수염을 꺾은 달은 높이높이 올라가리라

늦밤

막걸리 그륵에 담은 달
님 보고 싶은 여름이다

미호천 다리 차가워진 의식 뜨뜻하게
사랑이 오면 냇날 맑은 정이 얼하다
다시 모냇벌 수중보를

흐르고 흐른 낯선 눈물이여
백천 마디 만 번 외운 가슴보다
더 당신을 위하는 저 다리보다
높이 오른 달은 알 것 같지만
물보다 진한 그때
나의 채근스런 마음 그녀는 알까

수천 리 물길은 굽어 신선한 불빛보다
외길 허믄 이 마음 미호천 달은 슬프고
높은 무한의 상달 솟는데
늦밤나무 향기에 열기로운 꽃
내천의 물길은 기울어 뿜뿜 대들고 노래해

나의 눈가 나의 눈썹
늦은 밤 서리가 하야니
진물이 흘러가겠구나

김장철

배추 터얕 밭에 가을 들길은 저물고
시굴의 집집에는 김장김치를 하는 바쁘다
한해 씨알 난알로서 입동이 지난 년쯤에는
그런대로 배추를 절인 가난한 농삿집 이웃들은
꺼내는 인정 그 질그릇과 바구니와
독들을 얹은 갓이며 마늘이다
골파에 무이양파를 생젓갈에 굴을 넣고 김장을 한다
댕추가루에 동치미가 둥구를 빼곡하게
채곡하는 잔치판을 이루는
아마도 11월 광에는 쌀섬이나 있을 듯이
우리 사러 온 고향은
정치가도 관료도 모도 불편한 사람들이었다

꿈

자고 일어나 숭이 깨진다
지난 가을날 초생달 누르야니 하애서
슬픈 기러기엔 숭숭 잠들은
내 곳간지기를 부른다
어린 시절이 일어나서 슬픈 눈솝을 뜨는데
비루한 밥상 이는 짠지와 석박지 내음 동치미가
둥근 내 얼골에 고춧배 무배차 가튼 절은
그이 마음이 와 이래서 푸른 것이 가고
헛챔질 하다가 건더기 물에 울꺽 또랑물 내듯
이불 담을 차고 오는 감정의 빈곤을 대체로
보름살이가 온다는 그런 바다의 의심이나
꿈은 가진 거라고는 없어져야 한다는 것이다

달

달이 산으로 가는 까닭에
그 마음 슬프겠다
산사에서 세상으로 그 임 뵈이나
8월 장미숲 한 송이
따로이 물논을 찬다

나무는 젓나무 쭈욱쭉 자라는
무더운 시멘트 문명 두어 길에
나이금 깨워 울 가야금이라도 위안하드니
한낱 갱기를 뚫고
저 달은 숲으로 만이 시늉한다

밤 달

이렇게 사는 것이
오둑둑이 튀는 밤거리에
낯익은 그저 그런 밤달이 내리면
고향을 배반한 내 어린 의식들이
성황당 감나무 떨어진 진자리를 바라본다
거기 내려다 뵈이던 작고 크는 밤달이
쓸쓸한 도시 공간을 지배하고
웃자른 목아지 흉통이 오를 때
나의 아픈 것은
은갈색 쟁반에 바우지꽃 받치는
내 사랑만 흩뜨고 있다
가즈랑대 웃픈 별이
함께 달밤 외로운 일이었다

저녁때

고향 와 여름은 갓한 풀밭에
고향 집 안뜰 풀 뽑어 육날 메투리 매둘까
지난가을 낙엽 떨어져 우리 님 안팎치마에
새신을 딛고 아픈 댕기를 삼은 나의 여름속

시간은 때빛 없이 너의 저녁 능달은
허수애비 밭을 고르는 메주콩 농부만 그리울까
한때 젊은 여름은 내게 가벼이 지났구나
칠월 나뭇단째 꺾어서 금덤판 무극 산다는
아무개를 불러놓고
일루 와요
삶은 저리 윤기 나는 잎새기 되어
나는 청주에서 그리고
육십갑자 되는 꽃 아래 넋을 놓고 있다

고향 하늘 집을 와
지금 정다운 삶은 있는지
해가 지기로 한 산 뫼에 별이 어서 달려서
내 영혼 지친 밭밭 들판 논뚜렁 사이
별 하루 방이 휴식을 이루고
오늘 하룻밤 내내 울을 가슴이
여름 호밋자루 놀래고

가장 어스름한 해저믄 야반 도칭리 베틀
나는 저녁때 고향이다

꿈속은

꿈속은 화려하지만
꿈은 외치진 않고
산길에 당신을 부르는
누룽지 사발로 놋쇠다리를 놓았지요

해는 짧고 길은 먼 길 돌아와
목젖을 부릅뜬 매일 어색한 그릇 우에
내 영혼의 한때는 시들어 가을밤 춥고
배고픈 시리도록
찬밤을 걸어가던 길동무 하나 없는

당신의 삶이 슬플 때
오늘같이 눈썹에 마른 쌔하야니
꿈은 말하겠지요
오늘 당신의 사랑은 안전한가요?

저녁 길

청주 이름이 없어
배웅하던 가정거장 매섭고 춥다
그녀는 나를 안어 주지 않고
코를 한발이나 내여서 이불 안에 자겠지

어제와 오늘
하늘이는 구릉선에 한숨을 쉬이여 간다
차가운 벽난롯가
아마도 불이 붙은 세상

다시 한 번 뇌까리는 등고선 산길
내 마음이겠지요
세월은 같고는 다르듯이 사랑은
가슴 변하지 않은 것은 없을까

이불 방안
그래도 오촉의 백열등이
따스운 시냇물이었으면 하는 저녁길이다

저녁

죽은 나무 봄은 알리지 않고
우주를 뛰어넘는다
호박꽃의 넋 지난 가을에
등 돌리고 있는 해는 언덕에서
가난한 아들 낡은 창문으로 구름을 보면
얼굴을 찡그린다

뜯어진 헝겊종이 침대에 낮은 지붕을
붉게 물들어가던 지난여름의 도시 건물들
이제는 어둠이 가운데 있다
그 노력의 먼지와 시장의 거울이
질서라는 잔디에 심궈진다

차가운 교회 종소리 울리는 이 저녁
등불 심지를 켤때
작은 소망에 크는 돈을 걸고
잣나무 그늘이 쎄하야니 빛났다

카페

봄이 온 다음날은
그게 그러니까 녹어 버리는 마음이라면
그대에게서 기다리는 낙엽 한송이 퓌우더니
가을 편지가 가을만큼이나 좋더라구요

한해 그다음 해에도 다음날 다음에
아주 지나간 비나 눈은 오시고 가는 여인처럼
가경동스런 시와 카페에선
당신의 그리움이나 글이든지
외로운 사는 것이 몸속 기푼 고독이라든가
책 한권서 읽는다면
그 자리에 앉어 어예쁘니
두 여인을 보는 즐거운 일이야

꽃차 대추고와 함께
가을 단지에 숨은 푸르진 뜨란채에
따끈한 한단의 술은 수끄리고
가을 연못을 매엠돌다 간
잠다리라고요 잠자리라고요

시와 카페는
가을 오고 봄이 기우르겠 전혀요

어젯밤

지난날은 꿈속
어젯밤 잠깐 지나고 보니
아침 창가엔 집새 소리가 소란하다

꿈길은 가볍다고 한다는데
눈으로 말하는 것은 슬픈 비애요
나는 서울로 그들의 살림살이를 덜어 내이어서

새햇날 지나고 받은 글 값으로는
봄날 색동치마 한 감씩 두 번 끊어
여문어진 나의 진심으로 헤아려 즌다

카페 의자

해넘이 무렵에
카페 안팎 도시에 흰 벽이 있어
타일 깔리는 종소리 울리는

몇 걸음 걸어서면
공원의 뷔인 의자 세거리엔
가정거장 불빛 오면은
어린아이를 엎은 젊은 여인이 웃고 있다

햇길에 빨려드는 누렁 불빛
안으로 기여와선가
나뭇때깔 벼락 맞은 식탁이가
두 여인의 그림자를 이루듯이

턴정에 가즈런히 놓은 나의 이상과 꿈
이러한 물음들이 몬지를 털어 낸 의자가
여럿이 떨어낸다

푸르지오 공원에서

카페 밖에는
어둠이 내린다
긴장한 사내의 왼팔로부터

시와 꽃길 밖
문 열고 나서면
건넌 마을 푸르지오가 한눈거리에

정문 옆으로
공원 계단을 짝짓기 하듯
오르고 나려갔다

큰 솔가지 손에
아늑하고 쉬운 가락이
얼하게 비친

가경동 산마을 옆옆이
굴뚝에 가리워진
여인이 서 있다

가경동

뿔 달린 소등을 타고 돌아 다닌다
청주가 한뿔은 철당간
다른 하나는 가경동

알고 있는 없은 얼룩소에
산대의 수정신을 기른 얼린
청주여 우지 말고

플라타너스 신은 정교했다
단군은 묘향산에
율량동 이방신은 늬요

허리도리 걷던
그대 온기 상당산성을
가경동 뿔나발은 추었다

청바지

옷고름 껴껴서 가는 저녁
가을 하늘은 남쩍꿍 바다로 바다로
길목도 골안도 도시 아파트 청주만큼 넓은 들판
인데
리꽈책 그동안에 나무를 말채열매 공원에 쩌두고
얼마나 여름 익혀 가는지 흰쌀밥에
노란 가을 핏빛으로 담그는
바짓가랭이 웃음 속으로 걸어가는
내 산책하고 명암동 골짜구니
오린 뉘엿이 넘은 남포 빛에선 잘 있는지
낙엽은 이른데 하릴없이 깊은 가난은
이리하여 자랑스럽고 널빤지 아로새긴 가을꽃아
그 임군이 목소릴 듣자고 한다
해진 밤하늘 가로수 길거리에 청바지 그늘은 져서
아주 많은 시름들이 구둣발 밑신창에 매여 따러
가고 있다
청빛 하늘 그림이 되어서
무릎팩치기 하던 옛날 엄니 생각은 났다

튀밥 아저씨

뻥이요 뻥이요 튀밥 튀기는 아저씨
쩌렁쩌렁 울리는 시골 장터
아줌마 어서 와요
옥수구 톨이 자알 말렀어요
쌀이 몇 대지요
쫌 눅눅한데 괜치않어요
배불뚝이 기계가 숭내 않고도
자알도 돌아간다
나무 때는 화독의 연기 속 풍구잽이도
시장터 아이들도 뻥이여 뻥뻥
가을 운동회 뜀뛰기 달리기를 알려주는
딱총 화약 내음새 가마니 바닥 느는 손손
삼월이의 고사리 시린 까뭇한 한옴콤
팔뚝들이 한츰 두들기더니
옥수구 자루 쌀푸대 가지고 가는
시골 어머니 가을 장터에
넷 사람이 뿌야니 서 왔다

늙은이

세상에 와 끝턱 도시에 무슨 영화 같고
우수수이 많은 상점
은하수 거리를 지나서
늙은이 폐지 주운 수필이나 서설이나
다 낡은 무명 잠뱅이 치마 옷꼬지를 걸치고
손수레 끌리는 두 사람에게
가을은 조롱꺼리 이야기였드니
내 모습이요 젊은이
남빛 하늘은 짧고
똥 묻는 시간은 많고 지루하다
젊은이 젊은것은
지나가기로 허락된 가게 터지요
눈 맑음 리어카 바퀴에
아련히 드는 이 감정은 때문일까

우리 밭에서

우리 밭 고추밭이 영그러서
여름은 반퉁가리였다
싹 다 삐어서 고추밭
붉게 푸른 아츰부텀 저녁이 욱적일때
일렁이는 고방 푼 고추 화석정이 올랐다

북데깃불 감자손 여름은 작작이다
옥시기 수염 하염없이
여름같이 고요로워지는

연탄꽝 살림살이 멘천구신은
앙궁이 타래질을 한다
무썩무썩하니 삼태기 할배가 와
싸리태 수깡나무 연발 스므 너닷발들이
모주리 빨강 밭이었다

가끔씩 고구마 동이가 닉어서 쩍쩍 갈러 잔 고랑이
가난 헤이던 아배 적삼자락 손금같이 모이고
느게느게 오덕한 그 밤, 저녁
좌악좌악 물질하는 등 거죽이
히얀 달밤 안 퍼렇다고 새까마니
히죽이 웃는 아부지

따금찍이 하게 모기란 눔이 발뚱가리 질를 때는
등떼기 맨살에 묻은 가나한 흙밥 때문이다
단샘이 들어가 깊어 저녁으로 부헝이가 우른
높은 또 높은 거리에

청춘

언제든지 써서 자신감으로
청년의 청춘은 보내져서
황홀과 구름 탑돌이에 손가락 오선지를

나는 왜 여기에 있었는가 밤이 부른 송가를
오뉴월 이십 몇일 스무날은
바닷바람 파도가 사나울 것이다

날개가 꺾이은 세월의 포말 그리고
덕담으로 엉기고 꼬인 밤의 노도와 정적
숯깔은 이깔나뭇닢새에 흐느껴 울었다

사랑이라 표현하고 삶이라
성취와 인색은 시인의 꿈은 마케도니아의 불빛에서
태평양 군함조의 피리 부는 연인에게 편지를

골갯논에 모내기 한차례 불고 가는
기계농의 농부자락으로
이 저녁 서름과 고뇌 인간만의 안식향을
롱펠로우의 빛깔이도 예이츠의 고향도
나의 시인은 이러했다

젊은 아가씨

젊었다고 말해줘
가쁜 내 요구되는 사랑쯤
한 번은 밟어서 그녀 옷깃은 낡고 남루하여
고결한 사색 헌 옷가지에
문지르는 수고로움을 사랑해 줘
꽃은 시들지만 크는 모란이 오기까지 아름다웠으니
봄은 어둠을 두둔은 하지만 그래도
흙빛에 헤진 구멍 빛나던 살갗을
그 몸짓 몸매 드러내는 야릇한 소리로
내꺼야 라고 실언이든 고백을 하면서
아직 젖가슴 속 작은 꽃딴지 같더라도
그냥 눈이 담뿍 쌓여
오지도 못할 여름의 빛깔이라도
다만 나는 떨어트린 가을에
떡 따오는 퉁소를 들었고 불어 줏었을 뿐이다

젊은 아가씨야

도시 가락

나는 기도 한다
날이 뜨겁게 오는 혐오를
여인의 맺은 가벼운 서약 같은 것으로
건물을 부수었던 여름의 더위
봄은 그러니 위대한 거야

귓속말 불빛을 사귄 달콤한 도시의 육체를 더듬는
그래서 허리 휘어 감기고
등나무 헐벗은 굶주린 소년들의 불행을 또한
가락이 또아리를 트는 적개심
무거운 향연 속에 목숨 걸고 빠트린
이지적인 기쁨을 열고 외친다
저주를 튕기는 현의 음색만을 기록한
교구청 교회의 무리들

다시 기도를 한다
도시에도 풀이 자라는 것을
나는 매일마다 입맞춤을 했다
경멸과 조소를 던지면서도
허름한 도시에 나는 살고 있다

6부. 나락 익는 소리

오리야

아침 검은 구름은 섶구슬에 아롱져
뭉턱뭉턱 하늘은 끝간데없는 울타리에
볍씨날이 자라난 논의 초록빛
격해진 감정으로 뚫린 벌을
오리야 날어간 하로 전
너의 깃깃 그림 어디다 떨어뜨렸니
오리야 천둥개 오리야

머구리가 좋고

머구리는 머구리가 좋고
나는 버스를 따라서 이슬찬 길에
넌 무어냐 나의 스승이다
때도 없시 울어 재끼는
이 고운 밤하늘의 머구리야
개고리야 자연에서 낳은 자연으로
인간은 무어냐고 묻느니
오늘도 머구리 잡고
기챠 뿡뿡웅 하는 아이였다

오지항아리

할배 오지항아리를 하늘에 저어
바람막이 사랑은 거드고
막우 손은 넣고
달이 지붕에 오른 자리 때 기다린다
지즌닭이 울 때 새벽이 올 줄 알어
하늘지붕에 따러 항아리를 내려놓고
이게 그 많디많은 별들이라서
그녀에게 보여줘야지

달이 떠져

달이 떠져 맑어 순진하다
강 건너 불빛 옛 조상 등잔 같고
마을 초롱이 어질고 분칠한거 알어
세상 희롱하는 내 마음 들어 깊은 것은
다 잠자는 하늘 까닭이고
낙엽 사이 그믐달 지낸 초생달이
막우 이슬은 떠질 것이다

꽃덩어리

어둠 속에 있을 꽃덩어리를
그것도 가만 밀었다
단지 그리하여 꽃단지에 꺼낸
그게 말하자면
아무것도 없는 흙덩어리였다
믿을 수는 있는 거지

가을 떡당이

가을 떡당이 흰소를 넣은
모래가 씹은 달콤한 세모래
길이 널리 열린다
저녁 소나무 소반으로
무심녀 헛골을 켜서
극징이 가을골 하눌
쟁변 아래 흙이야 많으니
재통소를 달근하게 올리는 것이다

서두른다고

서두른다고 달은 빨리 가지 않은 단다
차고 오르고 내리면
그 불꽃만큼만 당신에게 말을 건넨다
빛이 없다고 투덜거리는
자꾸 비난하지 마라
언제는 그대의 발뜽 아래
이슬도 생명의 불빛까지 꺼질 것이다

가을꽃 잠깐

그게 말이지
비에 떨어진 꽃숭이
아니지 아니야 그게 아니야
바닥에 엎데인 내 마음을
갈바람에도 스치고 비로 쓰러진 가을은
이 마음이란다

감료로 색실한

감료로 색실한 낙여인 가을은
이렇게나 살지고 감미로워 본다는 것이
읽는다는 것이 우스운 것인데
아츰섶이 저녁 놀이를 한다
가을 앞에서 여인만의 퉁소를
솔가지째 쌓아 널을까 뵈다

사람이 살면서

사람이 살면서 그리워지거나 기쁠 때는
하늘을 보자
반가이 그를 말하고 듣고 손끝을 쥘때
서러웁게 그 말수라도 진지해지자
한마디 그 뜻을 표정을
발길 아래 논무딘 마음이라도
오늘 만나는 여름 저녁같이
여인의 가슴같이 웃음을 사귀도록 하자

밥그릇

밥그릇이 놓고 떠나가는 나이와
거룻배 한 척으로 가을을 말하다니
아름다운 해야
넌 거기 있어도 당당하단다
나는 닌함바가지에도 어쩔 줄 몰라
억새기풀 가을에 초라하다

나락 익는 소리

아즘 건넛마을 까치가 울어
이슬이가 나렸나보다
그이 무심천 물은 흘러가겠지
마음이 없는 걸
누굴 비유하고
뜀뛰기 널빤지에 나락 익는 소리가
물꼬논에 가을이 어리긴 하다

호주머니에 넣는다

잘못의 얼마를 호주머니에 넣는다
비굴함 또는 완강한
넌 스스로웁게 잘못을 아는
그게 너의 특질이었니
오늘까진 나는 뒤인지 앞인지
옆댕인지는 모르면서도
하찮게 독자를 써 내려간다
무지한 이웃에게 나의 영혼을
읽으라는 광신도 후예처럼

성공으로

밤 소식에 비가 많이 들어 벌이 내천 같다
숲은 어디에 마을은 옆댕이에 살아
남은 풀과 밭뚜렁은 벌건 황토벽이다
이같이 자연은 묘묘하고
때쨍이 인간들은 버러지만큼
오늘도 위로 받아야 만족을 성공으로 안다

기대서 있는지요

어디쯤 있는 웃음 지었다면
입을 깨물고 길을 가지요
외롭든 쓸쓸하든지 바람이 심하게 걸어
공중으로 뛸 때는
눈을 감어 꼰 가지에 걸터 앉어
눈을 뜨고 말하면
뭔데 왜 당신을 사랑하지도 못해
기대서 있는지요

락단히 기다려진다

가을에는 꽃잔치를 할 시간이다
모두 준비를 하고 이별 아닌 이별을 둬고
불행하다거나 앞서가지는 않는다
순리 혹은 하나 둘 한 뼘 법은 아니고
머물라고도 말술 놓지 않는단다
락단히 기다려진다

서광꽃이

서광꽃이 펴낸 저녁 빛
나오는 가을 잔물 가튼 이 마음
그녀에게 전할까
아니야 사랑한다는 말
별이 다긴 부끄러운 사랑이였어
어린 내가 얼굴과 귓뿔에
빨강 물감 이듯 오는 것이지

꽃밭에

꽃밭에 녀름 저녁
비 마중 가는 여인은 이쁘다
꽃잎이 예쁘기로
그녀 가슴꼭지에 비길까
살짝 내리 밀은 꽃밭에
그녀만의 허리도리를 유혹한다

별이 초롱하늘이다

별이 초롱하늘이다
가을은 누가 주는 것으로
맺히는 이슬을 막을 수는 없는 캄캄한 밤이면
으레히 내가 아닌 다른 영혼이든지
혼불을 놓아 내는 주먹감이
입속으로 들어가는 아이의 순수로부터
마음의 등불을 켜낼 때
당신의 가을은 찾았는지를

한밤 오는

한밤 오는 이 가을비에
꽃밭에선 말할 수 없는
너의 가엾은 혼불들 본다
이리하여 하늘로 가면서는
고맙다는 그 크디크는 말수는
내일 아츰 단이슬 따려 널은 임금님 밥상이
나의 식욕을 당길 것이다

간밤엔 무얼 줄까

가을 팀능귀가 밤벌레를
기다리는 이즉하니
남길동 오래비가 찾는
먼데 개 줓는 떼고리가
별 사이 요란을 떠듯이 났다

송재분 시집

한 정거장

초록비가 내리고 있다
물은 단지에 차여만가고
무거워가는 내 마음에
싸리비 쓸리고
꽁초 껍질은
빗물로 자고 있다

옮겨 놓은 종이꽃은
노란꽃 사이에 넘어져 있다
두텁하게 흙넝쿨 만들어 주었는데

한 젊은이가
복도를 서성거린다
연인을 기다리다 사라진다

도심 거리는 그림자가 지나간다

장맛비 보랏빛 도라지꽃은
사방이 하늘이라 우기며
땅을 보고 있다
레몬은 꽃을 기다리며
연보라 치마에 물들어
하아얀 유리컵을 마중 나선다

텅빈 우주에
흐르는 소리는 멈추어
시냇물 흘러가고
거적때기 둘러메고
뽐내는 세상인가
요상한 세상이 낯설다.

팔푼이

옆구리 터진 입에서 말똥구리 말만 내품어
된통 당하기만 한다
심장에 작살 들이대고
밤 들마루에 괭이를 긁어
모기만 불러들인다

신에게 복종만 있는가 묻는다

움퍽 파고 스스로를 고여 멈추는
나는 누군가 물어 보지만
아프다 아프다
나뭇가지에 엉키어 버린 거미줄
심장 소리를 듣는
머릿속은 나를 잡아버렸다

오늘도 빗자루는 바쁘다

갈 곳 없는 학교여

잃어버린 나의 심장아
우르르 왔다갔다
기찻길은 멀고
긴 복도가 터널이라 생각하고

동전은 주머니를 잊고
바닥에는 침으로 호수를 이루고
열 두울 모여 다니며
낮술 어머니를 잊어버리고 있다

공중 우에 바람
공중 아래 바람이 언제 잔잔하려나
세상사 시름이랑 화롯불 같다

지긋지긋한 질병코
오구작작 시대여

비 오는 어느 날 오찬

창문 밖으로 비추이는 시골 길
소록 젖은 나무 숨 쉬고 있다
양팔에 끼고 온 짱아치
여인 눈 속으로 파닥이며 간다

사랑마루 한 쪽 삼겹살 곱창은
처녀 상추를 기다리는
추녀물에 맞추어 도톡도톡 익어 가고

고기를 가까이 가져가는
어른소녀 얼굴에는
욕망 없는 청아한 모습이
나를 부끄럽게만 한다

가느다랗게 맞으며 딴
뽕잎을 다듬는다

비 오는 날 지껄인다

홍화꽃 장맛비 젖어 있다
어둔 형광등
꼬부라져 가는 엄니도
홀로 침대에 누워 색칠하시겠지
몽상의 두터운 밤이다

오늘따라 밤을 피하고 싶다
허연 감주 물에 숨어버릴까
개념 신념도 넘어 선 시대
무엇을 쫓고 어디로 가는 것인지

조근조근 날려 오는 님의 소식
고조 곤히 하루를 밝힌다

절름발이 무릎

앞과 옆을 보면서 걸었습니다
수려한 지붕 집안에 꽃무늬 커튼
보글이 목욕탕을 만들면서 집을 지었습니다
해를 조각하고 메시지를 달아 놓으면서

텅 빈 별을 달며
열심히 살았다 떠벌리면서
종이에 이름 석 자 그렸습니다

욕망으로 채워있는 자태가
무척이나 아름답다고 핏대를 거꾸로 꽂은
서러움이 부끄럽습니다

내일은 열무김치를 담으렵니다.

시인은 다름이 있다면

여기 송재분 시인이 쓴 여나므 편에 대한 서평을 아니 할 수 없다.

요즘 시대에 내가 아닌 또한 빈약한 감각의 시류에 편승하고 목을 길게 빼며 감정의 소리 없는 사람들의 무지와 너의 황금을 쫓고 의지보다는 문명을 고집하고 숭상하는 돼지굴 같이 사는 오늘을 많이 반추하고 유추를 거듭한 이유로 조그마한 용기를 내 쓴 시편은 세상 살아가는 사람 — 독자를 포함하여 이럴 것도 없다마는 독자도 대중들의 독기와 독설 모욕을 따르는 무리라서 구분 지을 일도 없지만 반드시 이런 사고쯤은 알아야 한다.

— 당신들이 믿는 것은 앞에 보이는 돈을 얻는 것이고 송재분

시인은 다름이 있다면 서글프고 외롭지만 눈물을 한발 한발 가면서 내 안의 나를 보고 싶다고 우는 것이고 쓴 것이다.

통곡

2022년 3월 10일 초판 인쇄
2022년 3월 15일 1쇄 발행

지은이   장윤식
만든이   박찬순
만든곳   예술의숲
         등록 2002. 4. 25.(제25100-2007-37호)
         주   소 · 충북 청주시 상당구 교서로 2
         전   화 · 070-8838-2475
         휴 대 폰 · 010-5467-4774
         이 메 일 · cjpoem@hanmail.net

         ⓒ 장윤식 2022. Printed in Cheongju, Korea
         ISBN 978-89-6807-191-1 03810